咦，這是哪裡？好有靈氣！
泉州的開元寺。
這是西塔，有五層，很宏偉吧？
這裡有一個字，還是大錯字！
嗯，這個字應該有什麼特別含意？

施主誤會了，這是「放心石」
什麼？把心放在石頭上？
心空了？心掉了？心錯了？心變了？
阿彌陀佛！提起千般煩，放下萬事空。
這是提醒眾生「放心一點」，把心放下。
哇，錯字也這麼有學問！那我要常常寫錯字。
不行！不能亂寫錯字！
可以！
不可以！
別吵啦！我們還在等著印書呢，快讓故事開場吧！
印刷廠師傅

國家圖書館出版品預行編目資料

騎神馬闖天關/林世仁作；Asta Wu（吳雅怡）圖. -- 第一版. -- 臺北市：親子天下股份有限公司, 2023.03
96面；17*21公分. -- (字的傳奇系列 ;5)
國語注音
ISBN 978-626-305-445-5（平裝）
863.596　　112001878

字的傳奇 05
騎神馬闖天關

作者｜林世仁
繪者｜ Asta Wu（吳雅怡）

責任編輯｜陳毓書、蔡忠琦
特約編輯｜廖之瑋
內頁排版｜林晴子
封面設計｜蕭華

天下雜誌創辦人｜殷允芃
董事長兼執行長｜何琦瑜
兒童產品事業群
副總經理｜林彥傑
總編輯｜林欣靜
資深主編｜蔡忠琦
版權主任｜何晨瑋、黃微真

出版者｜親子天下股份有限公司
地址｜台北市 104 建國北路一段 96 號 4 樓
電話｜（02）2509-2800　傳真｜（02）2509-2462
網址｜ www.parenting.com.tw
讀者服務專線｜（02）2662-0332　週一～週五：09:00~17:30
傳真｜（02）2662-6048　客服信箱｜ bill@cw.com.tw
法律顧問｜台英國際商務法律事務所．羅明通律師
製版印刷｜中原造像股份有限公司
總經銷｜大和圖書有限公司　電話：（02）8990-2588

出版日期｜ 2023 年 4 月第一版第一次印行
定價｜ 300 元
書號｜ BKKCA013P
ISBN ｜ 978-626-305-445-5（平裝）

字的傳奇 5

騎神馬闖天關

文 林世仁　圖 Asta Wu

親子天下

目錄

1 天外來的神馬

我在吹笛子。

笛音悠揚！像是對萬物伸出手，邀請大家一塊來欣賞。

花間的蝴蝶沒有飛過來，枝上的小鳥沒有飛下來，連風都沒有停下來。

半空中，一匹神馬卻從天而降，直直朝我飛來。

「哈囉！馴字師，您看我這匹神馬帥不帥？」上頭，竟然坐著芭芭俠！

神馬四蹄一落地，大翅膀「啪啪啪！」收起來，好像白雲般美麗。

「帥啊！」我豎起大拇指，「你什麼時候學會馴馬了？」

「哈，我的本領不賴吧！」苞苞俠得意了好半天，才吐吐舌頭說：「其實，是這匹神馬自己跑來找我的。」

「哦？」我收起笛子，「這倒有趣！」

「牠很棒唷！」苞苞俠更得意了，「會載我穿越時空！」

「穿越時空？」我的眼睛亮起來。

「就跟您一樣棒！我已經穿越時空好幾次了。而且，」芭芭俠吹了一聲口哨，「我還跨時空發現了字妖！您要不要一塊去看看？」

「好啊，」我點點頭，讚美他：「想不到你進步得這麼快。」

「這全是神馬的功勞！」芭芭俠說：「上來吧！有了神馬，我們不必再呼喚風了。」

我翻身跳上馬背。「嗯，挺舒服的。」

「那可不？倉頡爺爺還送了我一把弓箭，可以射字妖喔！」

苞苞俠指指背上的弓，一拍神馬，「吆喝！穿越時空——出發！」

神馬張開翅膀，「啪啪啪！」飛上藍天。

苞苞俠開心得唱起歌：

「張長弓，騎奇馬，
穿越時空去把字妖抓。
誰讓神馬這麼聽話？
就是我，天下第一小可愛——苞苞俠！」

2 長安城裡的字妖

神馬穿越白雲，來到長安城。

我往下一看，幾個白白胖胖的貴婦人騎著馬，剛從郊外遊春回來；一列商人趕著駱駝正要進城。

「是唐朝的長安城！」我說：「字妖在哪裡？」

「在那裡，」苞苞俠往皇宮一指，「但是我聞得到，找不到。」

「皇宮？你先把弓箭收好，我們悄悄下去。」

金殿上，大臣正在爭論，皇椅上坐著一個女人。

啊，是武則天！

我們翻身上柱，悄悄靠近。

一個年輕大臣朗聲說：「吾皇登基，舉國上下，氣象一新。只是，這國字不好，當改！」

「哦，為什麼不好？又應該怎麼改？」武則天微笑問道。

「這國字，何等神聖，裡頭卻是一個或字。」年輕大臣說：「或這樣，或那樣，或來或去太不安定。應該改成武字，方能顯出天下歸心，都歸武氏一家！」

年輕大臣說著，用毛筆在殿前的一張大絹帛上，寫了

一個⿴囗武。

「好！好！好！」武則天眉開眼笑，「這字漂亮！」

「咦，他們在造字？」芭芭俠低聲問我。

我點點頭。

「這個大臣好會拍馬屁喔！」

「噓。」我示意芭芭俠看下去。

「不可，不可，」一個老臣搖著頭走上前，「陛下，這字不吉祥！」

武則天皺起眉頭，目光燃出一道火炬。「全國皆歸我武氏，有何不祥？」

老臣趕緊下跪，「陛下息怒！請看此字，武字雖好，奈何被一個框框四面八方框住。武氏四面受困出不得天，豈非大大不祥？」

「啊！說得有理，朕差一點就被騙了！」武則天轉過頭，眼中的怒火轉向年輕大臣。「來人，拖下去，杖四十！撤官。」

「陛下，冤枉啊！」年輕大臣嚇得眼淚、鼻涕全流出來。

芭芭俠壓低聲音：「嘻，馬屁精拍錯了馬屁！」

武則天又問老臣：「愛卿請起，敢問這國字該如何改才好？」

老臣走到大絹帛前，寫下一個字：圀。

武則天哈哈大笑。「好好！這個字好！八方世界，盡是國土。來人，賞愛卿黃金一盤！」

「謝陛下！」老臣開心回位。

又一個胖大臣走出來。「陛下，卑職也有一字，可以獻上。」

他走到大絹帛前，寫了一個字：埊。

「普天之下，莫非王土。土地的地字也太簡單，配不上陛下。」胖大臣說：「請看這埊字，有山有水有土，這才是最周全、最豐富的『地』字。」

芭芭俠忍不住「噗哧！」一聲笑出來：「哈哈！簡單的不要，反而造了一個難寫的？」

「有刺客！」滿朝大臣全抬起頭。

糟糕！被發現了！

苞苞俠倒是不怕，大喊一聲：「神馬來！」

神馬揮動羽翅，飛進大殿。

「啊，天馬降臨！吉兆！吉兆啊！」胖大臣第一個下跪。

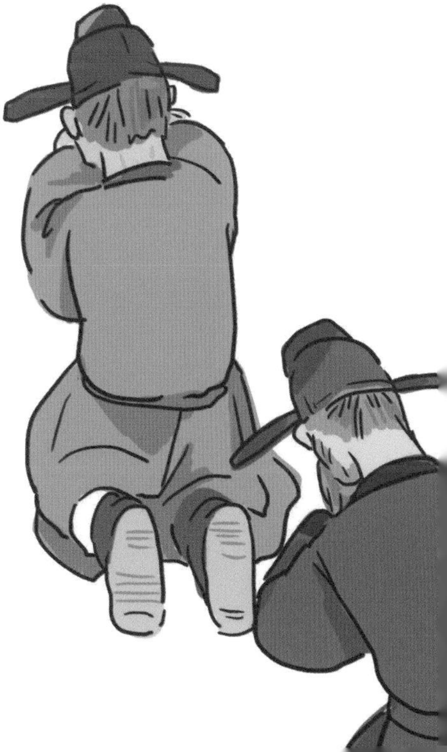

我們跳上神馬，在殿上轉了一圈。

「是神人啊！」胖大臣又第一個開口：「不知神人下凡，有何指示？」

既然被錯認了，乾脆將錯就錯。我朗聲說道：「為政之道，當如日月，高懸天空而光照天下！」

「啊，恭喜陛下！賀喜陛

下！神人賜字了！」胖大臣在大絹帛上寫下一個日月當空的新字：曌，又說：「陛下當以此『曌』字代替照字，光曌天下！」

武則天看來更開心了，率領滿朝文武一起下跪三拜。「感謝神人賜字，我武曌一定如日如月，普照天下。還請神人留步，待朕沐衣淨身三日，為神人設大宴。」

芭芭俠開心得正想答應，我趕緊一拍神馬說：「國事為先，陛下免禮。吾等去也！」

神馬一拍翅，飛出大殿。

後頭傳來胖大臣畢恭畢敬的聲音：「恭送神人！恭送神馬！」

3 字妖在哪裡？

白雲朵朵，神馬在雲中穿行。

「真可惜，差一點就可以留下來吃大餐！」苞苞俠說。

「留下來就穿幫啦！」我敲他一腦袋，「貪吃鬼！就想著吃，你有發現字妖嗎？」

苞苞俠點點頭，又搖搖頭。

「好奇怪，字妖味道很濃，一會兒在年輕大臣身上，一會兒在瘦大臣身上，最後又跑到胖大臣身上，但是我完全看不到他。」

「那三個大臣，都有什麼共同點？」我問。

「嗯……」苞苞俠想了想，說：「他們都在造字！胖大臣寫出璺字時，字妖味道最濃，好像在笑。」

「唉，他笑得可開心呢！」我長長嘆了一口氣。「想不到，救我們脫險的竟然是字妖！」

「您是說——胖大臣是字妖？」

「不，」我搖搖頭，「他只是被字妖附身了。」

「哪個字妖這麼厲害？您看到他了？」

我搖搖頭。「這字妖不同以往，好像是一團氣、一股能量。那股氣感，我只在倉頡身上見過。」

「這字妖——跟倉頡爺爺一樣厲害？」

芭芭俠嚇了一跳，「是什麼字妖？」

我看著遠方的雲，手臂上起了雞皮疙瘩，緩緩吐出三個字：「造字妖。」

白雲茫茫，我的心中也一片茫茫。

久久，苞苞俠忍不住開口：「造字不是倉頡爺爺才有的神力嗎？怎麼會有造字妖？」

「我也不明白。」我實話實說。

「您能抓到他嗎？」苞苞俠的口氣好像很擔心，「哎喲——您又敲我腦袋瓜？」

「當然敲！你忘了？」我胸膛一挺，「馴字師就是在下鄙人我啊！哪有我不能馴服的字妖？」

「嘻嘻，說得對！」

苞苞俠一下子放心了。「哪怕他跟倉頡爺爺一樣厲害，我們也要逮到他。我們回頭，去把胖大臣抓起來問。」

「不，我們要往前，到下一個時空去找他。」我說。

「您是說——造字妖也會穿越時空？」苞苞俠嚇一大跳，「可是，我只見過長安城的字妖，不知道他還跑去哪個時空？」

「我想，」我拍了拍神馬，「牠應該知道。」

果然，神馬「咻——」一下，又飛進了濃濃的雲層。

「哦耶，去抓字妖嘍！」苞苞俠興奮大叫：「看我一箭射中他屁股！」

4 奇妙的字娃娃

白雲上，一群字娃娃在慶生。
他們手牽手，一邊跳舞一邊唱歌。
「祝我生日快樂！祝你生日快樂！
眼睛張開來，世界好新鮮！
手腳張開來，世界好好玩……」
神馬迅速飛近。
「你們是誰？」苞苞俠揉揉
眼睛，「鉀、鋅、鋰、鈉、鋁、
鈾……咦，我以前怎麼沒
見過？」

字娃娃「哇——」一聲，四下散開。

「哪裡跑？看箭！」苞苞俠「咻！咻！咻！」連射三箭。

「壞人！壞蛋！壞妖怪！」字娃娃們邊閃邊罵。

「你們才是壞妖怪！」苞苞俠邊追邊舉起弓，「說！造字妖在哪裡？是誰把你們造出來的？」

字娃娃們只是扮鬼臉。「射不到！射不到！」

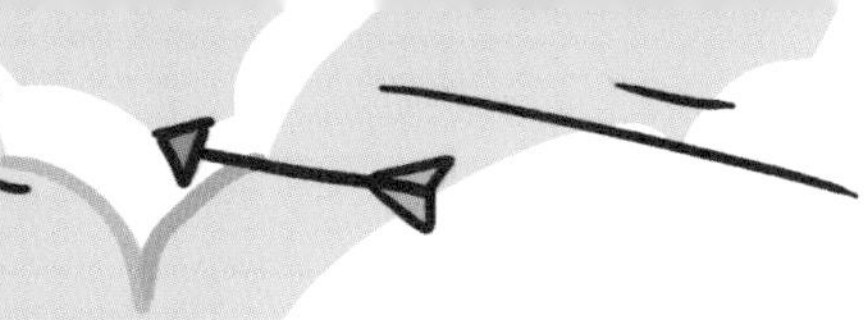

「喂喂，馴字師，你怎麼還不出手？」苞苞俠氣得回頭催我：「你在忙什麼？」

「我？我在滑手機。」

「滑手機？」苞苞俠哇哇叫，「都什麼時候了，你居然在玩手機？」

「查好了！」我收起手機，看向字娃娃。

「我要先射鉀還是鈾？」芭芭俠問。

「都不好。」我說，「你別亂射，他們都是化學元素。」

「化學元素？是新字妖嗎？」芭芭俠說：「哼，我才不怕。」

「不是字妖，但是——」我拉住芭芭俠，「有些有毒。」

「有毒我也不怕！」芭芭俠抓了一把箭，同時拉上弓。「看我的流星箭！」

「哇！哇！」字娃娃嚇得一下子全化成光，咻的鑽入下頭一間屋子。

「別逃！」芭芭俠立刻催馬追下去。

「別急，我們先看清楚。」我領著苞苞俠悄悄落下，倒掛在窗口，往裡頭瞧。

是一間書房。

木桌上，有一本剛寫好的書稿。那幾束字光便是跳進這本書裡。

一個留著長辮子的人，交握著雙手，興奮得走來走去。

「呼！終於，終於，都翻譯出來了！」

一旁，一個外國傳教士摸著大鬍子，也開心的笑了。「徐壽兄，您真厲害！化學元素的拉丁文那麼長、那麼難唸，您居然能造出新字，用一個漢字就譯出來了。」

徐壽呵呵一笑。「蘭雅兄過獎了！我只是借用漢字的造字特性，像這些金屬元素……」他一一指著剛剛在屋頂上跳舞的鉀、鋅、鋰、鋁，「我就用金字邊來表示，右邊再找字來表示讀音。如此，就造出了它們的中文譯名。」

「原來他是造字妖！」苞苞俠眼睛瞪得好大，悄聲說：「我可以射他一箭嗎？」

我連忙制止，要他別急。

徐壽又向大鬍子傳教士一拱手，「蘭雅兄，感謝您將原文口譯出來讓我聽明白，我才能翻譯得這麼快。」

「哪裡，很高興能幫上忙！」大鬍子傳教士說：「相信這一本《化學鑑原》，對貴國的科學研究一定有幫助。」

「幫助可大了！」徐壽嘆了一口氣，「我大清國如此衰敗，全因科技趕不上洋人。希望這一本書能讓國人學得化學知識，趕上國際。」

徐壽的眼睛看向窗外，似乎看到了我。

我全身一陣哆嗦，好像被造字妖狠狠盯住。

我拉拉芭芭俠，悄悄回到神馬背上。

芭芭俠一會兒皺眉，一會兒嘟嘴。「明明就有造字妖的氣味！怎麼做的卻是好事？難道——造字妖不是壞妖怪？」

「徐壽也是被附身了。」我說：「至於造字妖是好是壞？我想，神馬應該能帶我們找出答案。」

「嘶——」神馬一聲嘶鳴，又飛進雲中。

5 教我如何不想她

「天上飄著些微雲，地上吹著些微風。

啊！微風吹動了我頭髮，

教我如何不想她……」

一縷微弱的歌聲，從遙遠的西方飄來。

神馬來到一片海洋上，忽然一個急煞車。

「哎呀！」我和苞苞俠來不及反應，咻一聲掉進海裡。

「哇，這是哪裡？」苞苞俠哇哇大叫。

一堆字湧過來，淹沒我們的口鼻。
甜甜嬌嬌，還帶著一絲香氣。

「咳咳咳！」我和苞苞俠咳出嘴裡、鼻裡的字。嘿，是一群嬌嬌媚媚的『她』字。不一會兒，又一波文字海浪打來，把她字沖散。

「妙哉！妙哉！我們掉進了文字海洋。」我往四周看，仔細辨認漂來湧去的文字波浪。「都是文章！有報紙上的，有雜誌上的。嗯，看日期，都是二十世紀前半期的。」

一篇題目寫著〈這是劉半農的錯〉的文章擠到我們面前，大聲說：「劉半農沒事找事，發明她字代表女性的他，真是多此一舉！自古以來，『我』有分男女嗎？為什麼『他』要分男女？」

苞苞俠滿臉問號，「劉半農是誰？」

一篇報導漂過來，恰好解答了：「正在英國留學的劉半農，深愛語言學，十分關心國內的她字論戰。對於這一個他所創造出來的字……」

另一篇文章擠過來，把它一下推開。「造什麼字？我們用伊來表示女人，不是很好、很有詩意嗎？幹麼要創造一個女部的她？」

又一篇文章大聲說：「對嘛，造字廠還要鑄新字，多麻煩！」

……

「好奇怪啊！」苞苞俠抓抓頭，「雖然

我不認識劉半農，可是，我怎麼覺得這個她字造得挺好的？」

「是挺好的！一看就知道是女生。」我點點頭，「那個愛附身的造字妖，似乎沒我們想像得那麼壞。」

才說完，海濤一下洶湧起來。那些反對的文章全站起來變成海嘯，氣呼呼的想吞噬我們。「胡說八道！你們這些造字妖的同黨都該消滅！」

「救命啊！」苞苞俠大喊。

神馬立刻飛下來，「咻——」一聲把我們載上天空。

「壞神馬，現在才來！」芭芭俠罵牠：

「你是故意把我們載來文字海洋的吧？」

神馬得意的長嘶一聲，又低低飛向海洋，像要把那些文章波濤踩在腳底。

「你還玩！快載我們離開這裡。」芭芭俠拍牠。

「噓——你聽！」我把手放在耳朵後。

遠方，歌聲飄近了，聲音變大了，整片海洋都變得燦亮起來：「月光戀愛著海洋，海洋戀愛著月光。

啊！這般蜜也似的銀夜，

教我如何不想她……」

「聽，」我示意芭芭俠好好欣賞歌聲裡的情感，「劉半農真聰明！他回應那些反對者的方法，是寫了這一首歌〈教我如何不想她〉。嗯，真好聽！」

歌聲好像有魔法，撫平了海面。那些憤怒的文章海嘯一一落了下去，沉入海底。

離開前，我瞧見一群歡快的她字，輕輕盈盈浮上來，佈滿了海面。而且，還散發出好聞的花香！

6 奇特的字

一道光！

神馬飛進去。

眼前，是21世紀的世界。

「哇，穿的、吃的、玩的，都不一樣！」芭芭俠瞪大眼睛，好驚訝。「這就是未來世界？」

我點點頭，又搖搖頭。

城市還是城市，但是行人來來去去，似乎在不斷變化。

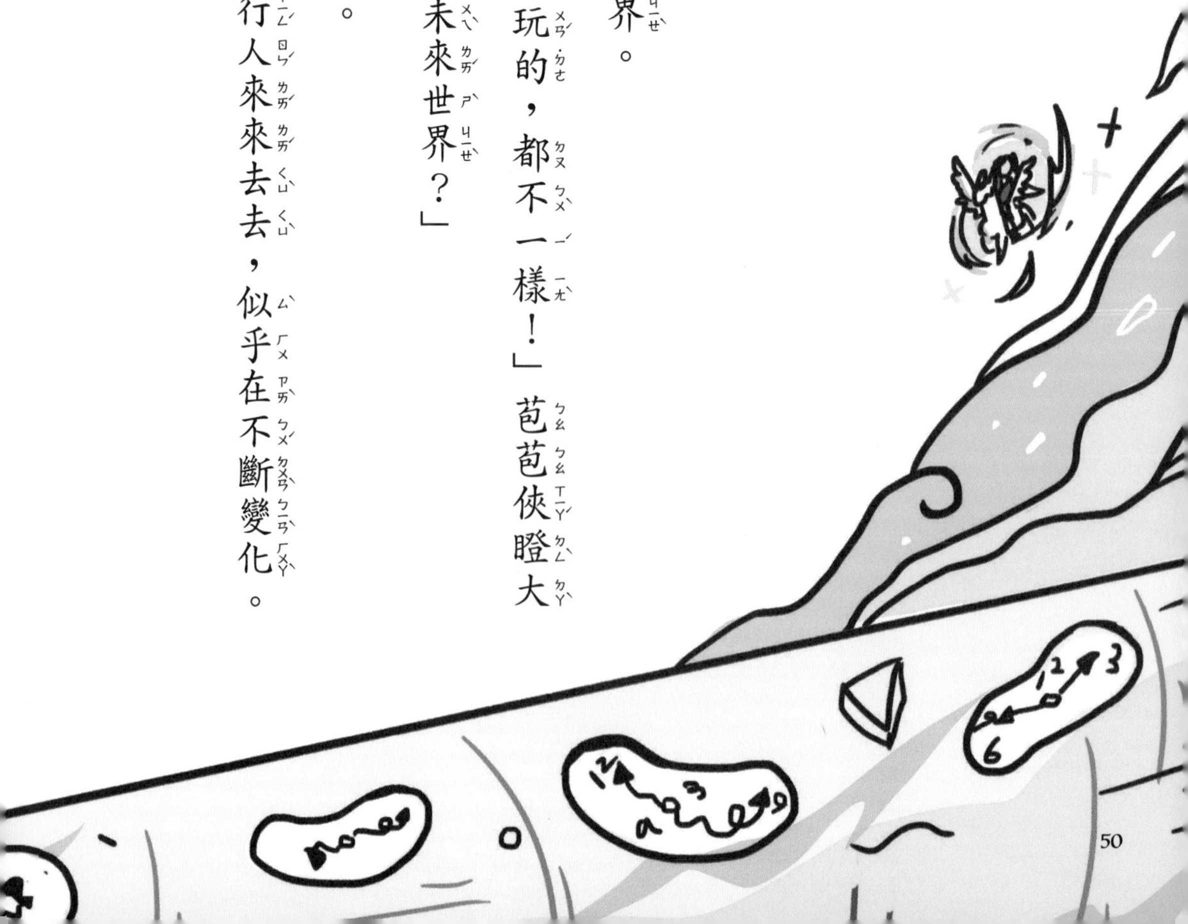

一個美女邊走邊介紹景點，她的四周還飄浮著一些閃亮亮的金粉。

「今天介紹的新景點，大家喜歡嗎？」美女看著前方，笑成了一朵花。「記得按讚、分享、開啟小鈴鐺唷！我們下回見！」咻一聲，她化成一片光點，迅速消失。

「原來如此！」我看向苞苞俠，「神馬真厲害！把我們帶進了網路世界。」

神馬得意的繞起圈圈，越跑越快。眼前景象好像被攪拌起來，旋轉成一片光影漩渦。神馬咻一下鑽進去。光影變化，再停下來，眼前出現了一個三層樓高的石化字：

「哇，這是什麼字？怎麼石化了？」苞苞俠好奇上前摸一摸、嗅一嗅，「有造字妖的味道！但是，味道也石化了。」

我翻身下馬走上前，輕輕敲敲字：「叩！叩！叩！」

手一伸，我把那叩聲握進拳頭裡，悄聲唸道：「天地乾坤，字靈現身！」

攤開手，那叩聲變成了三個音——ㄊㄨˇ ㄕㄨ ㄍㄨㄢˇ。

「原來如此。」我點點頭，「真聰明！你瞧，這個字的框框裡頭都是書，不就是把書都裝在裡頭的『圖書館』嗎？」

「哇，一個字就代替三個字？還讀出三個音？」苞苞俠吐吐舌頭，「這麼棒的創意怎麼會變成化石呢？」

「因為沒有人使用啊！」我說：「把三個字縮寫成一個字，很有創意，但是和大家的使用習慣不一樣。」

「好可惜喔！」芭芭俠說。忽然，他一敲腦袋瓜，「哎呀！我怎麼會幫造字妖說話？呸呸呸！我應該說——活該！活該！」

我哈哈大笑起來。「這創意真的很不錯啊！倉頡如果看到，一定也會給他按讚。」

芭芭俠瞪我，「你在幫造字妖說話？」

我摸摸鼻子，「我只是就事論事，這的確是一個聰明的字。」

「可是它石化了！」芭芭俠說。

啊!

「嗯，作為一個新字，它變成了化石。」我說：「但是，如果把它當成一個符號，它卻很有創意。我想，它自己一定也很想擁有全新的生命吧！」

我把手放在書字上，朗聲唸道：「天地乾坤，字靈現身——變！」

龐大的石化字瞬間崩出一片飛沙，飛沙四下飄落。中心處，露出一個金光閃閃的書。

「好漂亮啊！」芭芭俠忍不住讚美。

我點點頭，「未來，也許會有圖書館用它來當標誌或是符號喔！」

神馬長嘶一聲，好像十分歡喜。

又一陣飛沙捲來。

哦，不，是一群字。

囧囧囧囧囧囧囧囧囧囧囧囧……

「哇，這又是怎麼回事？」芭芭俠大喊一聲。

7 忙碌的囧字君

「呼呼呼！」好多囧字喘著氣，急急跳進前方的一個光幕。

「快點！快點！來不及了啦！」一個囧字被後頭的字推著往前跑。

旁邊，又一個囧字「呼呼呼！」在喘氣，喔不，他根本走不動，是揹著他的字在喘氣。

「呼！呼！我們可不能遲到啊！」好多個囧字，不管是單獨或是被其他字拖拉著走，都朝著光幕前進……

芭芭俠看傻了。「囧？這麼少見的字，怎麼一下出現這麼多？」

我也不明白。一個囧字在旁邊休息，我立刻上前拱手。「囧字君，您好！請問您不是退隱多年了嗎？怎麼又重出江湖了？」

囧字君嘆口氣，「唉，我在文字倉庫裡睡了上千年，不知道哪個年輕人找到我，把我丟上網路。哇，不得了，大家一下都愛上我。像最近這一小時，我已經在不同網站上跑了三千趟！這會兒，要不是打字的人在接電話，我也沒法休息呢！」

我明白了！這裡是網路的文字庫，上網的人打了什麼字，什麼字就要跳進光幕裡，出現在電腦或手機上的螢幕。

「怪不得你的分身兄弟們全累得苦哈哈！」芭芭俠也明白了，「可是，年輕人怎麼懂得你的意思呢？」

「唉，誰懂呢？」囧字君露出一個無奈的表情：囧。

「您最初的字義是指圓形的窗子，」我說：「後來，又引申成明亮的意思。」

「哇！你懂我耶！」囧字君跳起來，露出開心的表情：囧。

「年輕人這麼愛您，」我猜：「應該不是因為您原來的意思吧？」

「沒錯！沒錯！」囧字君露出一個遇到知音的表情：囧。

「咦？」苞苞俠問：「怎麼你每個表情都一樣？」

囧字君只是盯著苞苞俠。

苞苞俠說：「來，笑一個！」囧。

「哭一個！」囧。

「生氣一下！」囧。

「害怕一下！」囧。

「哇，你真的每個表情都一樣！」苞苞俠覺得好玩極了。「而且，你好像撇著八字眉、張著大嘴巴，一臉無奈的表情喔！」

囧字君都快哭了（看不出來，卻聽得出來）：「就是這樣，我才被大家在網路上叫來叫去啊！」

我差點也笑出來。囧字君的表情，完全就是一臉無奈、被打敗了的表情嘛！誰這麼天才、這麼有創造力——才這麼一想，三個字就跳出腦海。

「造字妖！」我明白了，「又是造字妖的傑作！」

我看向其他被拉著走的囧字。「囧境？囧況？囧態百出？」嘿，這可不行！是「窘境」、「窘況」、「窘態百出」才對！

我立刻手指輕點，把它們糾正過來。一些囧字立刻變回窘字，但是更多的囧字迅速被光幕吸進去，好像有一股強大的力量在推拉它們。

「造字妖！」我大喝一聲，「你要躲到什麼時候？」

「躲？」一個聲音哈哈大笑，「我從來就沒有躲啊！」

8 對決

眼前空無一人。

我和苞苞俠四面八方看過一遍。

「在找我嗎？」那聲音又笑起來，「看好嘍——吾來也！」

咻咻咻！好幾道字光閃過，許多字詞漫天飛過：

「男盆友」、「粉可愛」、「你素誰」、「ㄑ哪裡」……

「可惡，造出這麼多錯字？」苞苞俠立刻舉弓射字。

咻！咻！咻！錯字一一落下。我手指飛快，隨即把正確的字補上。

「男朋友」、「很可愛」、「你是誰」、「去哪裡」……

「這才對嘛！」苞苞俠得意的說。

「是嗎？」那聲音哼了一下，「我們來等等看唷！一、二、三——」還沒數到四，那些字又像脫掉衣服似的，變回：

「男盆友」、「粉可愛」、「你素誰」、「ㄑ哪裡」……

「如何？」那聲音哈哈大笑，「想再把它們射下來嗎？」

「可惡！」苞苞俠又想舉弓射箭。

「等一等，」我手一伸，

「弓箭借我一下。」

芭芭俠把弓箭拿給我，

「你要親自射？」

「對。」我舉起弓，搭上箭，一轉身，指向神馬。

「喂，等等！等等！」芭芭俠立刻擋在神馬面前，「你為什麼要射我的神馬？」

「那不是你的神馬。」我把箭轉向神馬：「要我射你一箭？還是你自己現出原形？」

「什麼？你說什麼？」
芭芭俠好驚訝。「難道神馬是造字妖？」
「你說對了，」我苦笑一聲，「但是，也猜錯了！」
神馬長嘶一聲，四腳一蹬，飛上高空。

我弓隨手移。

「哪裡逃？」我瞄得可準呢。

「咻——」

箭身化成一道光，罩住神馬。

神馬瞬間消失，半空中，出現了兩個字——什麼。

「什麼？」芭芭俠看呆了，「神馬是『**什麼**』！」

「哈哈哈！你終於發現了？」那聲音笑得很開心，「什麼／神馬。如何？這兩個諧音字我造得不錯吧？漂不漂亮？」

「嚕——」芭芭俠使勁吐出一個大舌頭，搶過我手上的弓箭。

「大騙子！臭雞蛋！看我射你的大屁股！」

什麼

「想射我？門都沒有。」

苞苞俠東射一箭，西射一箭，箭箭落入虛空。

「哈哈哈！我無形無體，」那聲音說：「你怎麼可能射得到我？」

我整整衣服，朝空中拱手一拜，自我介紹。「無名無姓，馴字師便是在下鄙人我。」

「我當然知道你是誰，」那聲音說，「不然，我幹麼請神馬帶你一路來看我的傑作？」

「敢問您的大名是？」我問。

「哈哈哈！」那聲音笑得苞苞俠都要捂耳朵了，「你是馴字師，無名無姓。我是造字妖，原本也無名無姓。不過，現在我的名字可不少。」

「哦？願聞其詳！」

「現在，你可以叫我孤狗大神，」造字妖說：「在別的地方，我也叫百度大神。嗯……你叫我網路大神也行！」

「呸呸呸！造字妖也配稱神？」苞苞俠還是很氣自己被神馬騙了。

我倒無所謂。「我看您也不是您，背後有許多高靈。」

「哦？你看到了？還是想騙我？」

我盯著光幕，雙手合掌，食指合併，朝它一指。「天地乾坤，字靈現身——變！」

光幕立刻轉暗，現出好多螢幕，每格螢幕裡都有一個人。他們敲著鍵盤，嘴角嘻嘻笑，身邊蹦跳出無數奇形怪狀的字。

く哪裡？
ㄎㄎ
尼貓呀ㄟ
ㄘ飯
飯
北鼻
ㄅ知道

9 約定

「不錯，不錯！」造字妖笑得好開心，「你很聰明！發現了我背後的祕密。」

「什麼？」芭芭俠下巴都快掉下來了。「這些掛在網路上的人都是造字妖？」

很像是！

他們在網路上聊天、寫訊息。他們的手一落在鍵盤上，就打出無數諧音字、符號字、表情符號……在那些螢幕之間，數不清的神馬歡歡喜喜的蹦過來、跳過去，氣得芭芭俠牙癢癢！

泥好嗎？
XXOO
XXOO

「現在，」造字妖得意起來，「你知道為什麼沒法消滅我了吧？」

芭芭俠好緊張。「怎麼辦？我們怎麼可能對那麼多人施法？」

「哈哈哈！」造字妖的笑聲傳遍了整個網路。從四面八方彈回來的笑聲，聲聲都像飛刀。

「怎麼不能？」我屏氣凝神，再次雙掌交握，食指相併，朝著四面八方同時唸出神咒：「天地乾坤，字靈現身——變！」

頭頂上，仍然是無數的螢幕。螢幕裡，仍然是在電腦前、手機前打字的人們。

886
GG

「沒有變啊！」造字妖哈哈大笑，「你的法術不靈喔！」

「當然沒有變，」我也笑了，「我又不是對他們施法。」

苞苞俠糊塗了。「你沒有降服他們？」

「為什麼要降服他們？」我問：「你注意到他們在螢幕前的表情了嗎？是開心？還是憤怒？」

「嗯……」苞苞俠仔細看，「大部分都在笑耶，好像在玩遊戲。」

「對。他們都把造字當遊戲，玩得很開心。」我說：「法術，對開心的人是不靈的。」

這下，連造字妖都好奇了。「那你做了什麼？」

我沒有直接回答，讓空氣靜默了三秒鐘。「倉頡是造字者，但不是決定者。」我緩緩說道：「你也是造字者，但一樣不是決定者。」

「哦？」造字妖的笑聲停止了。「有誰比我更厲害？」

「時間。」我說：「武則天造的字被時間淘汰了，那些化學元素字和『她』字卻被大家接受了。只有時間，才是最後的決定者。」

「所以——」造字妖好像很失望，「你不跟我鬥了？」

「不，恰恰好相反！」我哈哈大笑，「我會跟你一直鬥下去。你可以盡量造出新字、怪字、趣字、無厘頭的字。但只要那些字跳出網路，想跑到小朋友的作文上，我就會攔下它們。我剛剛就是對這整個網路世界布下了結界，防止那些火星文跑進真實世界。」

「你攔得住？」造字妖哼了一聲。

苞苞俠朝四面八方扮了一個大鬼臉。「當然！我們是馴字師和苞苞俠耶！」

「攔不攔得住，得由時間決定。」我說：「我們誰輸誰贏不知道。你輸了，不是壞事；我輸了，也不見得是壞事。」

「好！咱們一言為定，各憑本事！」造字妖說：「我們要比試多久？」

「呵，這答案我倒知道。」我微笑了起來，雙手一拱，語氣平和而堅定的說：「直到時間的盡頭。」

「直到時間的盡頭？」造字妖愣住了。久久，他的聲音才又緩緩笑了開來。

這一次，那笑聲裡沒有得意，更沒有敵意，反倒有那麼一點兒……嗯，兒童般，純真的笑！

武則天

（西元 624 ～ 705）

也叫武曌，中國最有名的女皇帝！曾把唐朝的國號改成「周」。傳說她創造了十多個新字，其中最有名的，便是她為自己名字所造的新字：曌。

徐壽

（西元 1818 ～ 1884）

清朝人，製造出中國第一艘輪船，並在英國傳教士傅蘭雅的口譯幫忙下，翻譯出許多西方科技書籍。他用漢字的造字法則，創造出許多化學元素的漢字。

劉半農

（西元 1891 ～ 1934）

是詩人也是語文學家，在一九二〇年左右創造出「她」字來代表女性的第三人稱，並寫出歌曲〈教我如何不想她〉。他還提倡用「它」字來代表無生命的他，讓漢字的「他」分出了他、她、它三個分身。

苞苞俠不懂筆記

嗚！我竟然被神馬騙得團團轉，真不甘心！造字妖太厲害！造出好多我不認識的字。還好馴字師幫我補上了一堂課，趕緊來筆記！

1. 唐朝皇帝武則天愛造字，造出了十幾個「則天文字」。我簡單記下來幾個，真不明白！武則天怎麼愛把簡單的字弄複雜？

原來的字	則天文字
人	𤯔
臣	𢘑
日	𡆠
月	囝
照	曌
國	圀

2. 以前人用「他」來通稱男生、女生，更早則用「其、之、伊、渠」等，但都沒有區分性別。直到英文中的 he、she 傳進中國，才有人開始想要區分男女。感謝劉半農提倡用「她」，讓文字終於有了性別！

3.

圕字是民國初年，由圖書館專家杜定友創造出來的，讀作ㄊㄨˊ ㄕㄨ ㄍㄨㄢˇ。也有人說它讀作ㄊㄨㄢˊ（電腦裡打得出來唷），是ㄊㄨˊ ㄕㄨ ㄍㄨㄢˇ三個音的濃縮版。有些專家認為它不能算是字，只是符號。

4.

囧的甲骨文寫作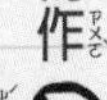，是指圓形的窗戶。囧字不是常用字，直到現代，有人借它來當作很窘的表情，於是在網路上流行起來。

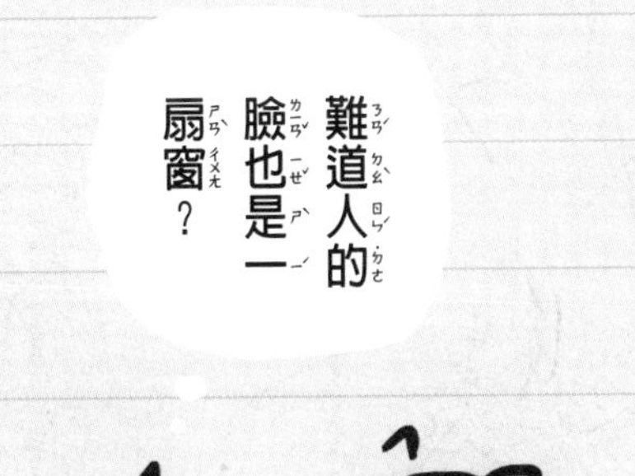

大年初一，我們去21世紀瞧瞧。
好耶，跨時空去過年！
這裡有春聯，我們來欣賞一下。
哇！這是造字妖寫的嗎？怎麼又是音符？又是數字？
Do Re Mi Fa So La Si
1 2 3 4 5 6 7
？？
啊……懂了！這是用諧音寫的春聯！
還是不懂

上聯是：獨覽梅花掃臘雪
下聯是：細睨山勢舞流溪
哈，好有趣！發音不標準，唸起來更像耶！
咦？你們怎麼穿古裝？
你們是在COSPLAY《字的傳奇》嗎？
……
啊
嘻……是是！新年快樂！後會有期！
拜拜！要再來唷！